¡ME SIENTO DEBILUCHO, PANORÁMIX!
OBÉLIX, ¡NO!... ¡NO TE DARÉ POCIÓN MÁGICA! ¡TE HE DICHO MIL VECES QUE TE CAÍSTE DENTRO CUANDO ERAS PEQUEÑO!

«A Bruno, mi hermano, a quien se lo debo todo».

Bruno (1920-2004) y Albert Uderzo en 1942

Bruno Uderzo era el hermano mayor de Albert. Se llevaban 7 años. Fue él quien, al ver el creciente talento de su hermano pequeño, lo introdujo por primera vez en casa de un editor parisino durante el verano de 1940, cuando Albert tenía 13 años.
El respeto, la fraternidad y la complicidad unieron siempre a estos dos hermanos.

GOSCINNY Y UDERZO
PRESENTAN
UNA AVENTURA DE ASTÉRIX

¡EL CIELO SE NOS CAE ENCIMA!

Texto y dibujos de **Albert UDERZO**

Dibujo a tinta: **Frédéric Mébarki**
Color: **Thierry Mébarki**
Coordinación artística: **Studio 56**

SALVAT

ESTAMOS EN EL AÑO 50 ANTES DE JESUCRISTO. TODA LA GALIA ESTÁ OCUPADA POR LOS ROMANOS... ¿TODA? ¡NO! UNA ALDEA POBLADA POR IRREDUCTIBLES GALOS RESISTE TODAVÍA Y SIEMPRE AL INVASOR. Y LA VIDA NO ES FÁCIL PARA LAS GUARNICIONES DE LEGIONARIOS ROMANOS EN LOS REDUCIDOS CAMPAMENTOS DE BABAORUM, AQUARIUM, LAUDANUM Y PETIBONUM...

ASTÉRIX, EL HÉROE DE ESTAS AVENTURAS. UN PEQUEÑO GUERRERO DE ESPÍRITU ASTUTO Y VIVA INTELIGENCIA. LAS MISIONES PELIGROSAS LE SON CONFIADAS SIN TITUBEOS. ASTÉRIX RECIBE SU FUERZA SOBREHUMANA DE LA POCIÓN MÁGICA DEL DRUIDA PANORÁMIX.

OBÉLIX, EL AMIGO INSEPARABLE DE ASTÉRIX. DE OFICIO REPARTIDOR DE MENHIRES, GRAN AMANTE DE LOS JABALÍES Y DE LAS BUENAS PELEAS. OBÉLIX SIEMPRE ESTÁ DISPUESTO A ABANDONARLO TODO PARA SEGUIR A ASTÉRIX EN UNA NUEVA AVENTURA. LE ACOMPAÑA IDEAFIX, EL ÚNICO PERRO ECOLOGISTA CONOCIDO, QUE AÚLLA DE PENA CUANDO CORTAN UN ÁRBOL.

PANORÁMIX, EL VENERABLE DRUIDA DE LA ALDEA, RECOGE HIERBAS Y PREPARA POCIONES MÁGICAS. SU MAYOR TRIUNFO ES EL BREBAJE QUE DA FUERZA SOBRENATURAL AL CONSUMIDOR. PERO PANORÁMIX TIENE MUCHAS OTRAS RECETAS EN RESERVA...

ASURANCETÚRIX ES EL BARDO. LAS OPINIONES SOBRE SU TALENTO ESTÁN DIVIDIDAS: ÉL OPINA QUE ES GENIAL; LOS DEMÁS PIENSAN QUE ES UN PELMAZO. DE TODOS MODOS, CUANDO NO DICE NADA, ES UN ALEGRE Y QUERIDO COMPAÑERO...

ABRARACÚRCIX ES EL JEFE DE LA TRIBU. MAJESTUOSO Y VALIENTE, AUNQUE ALGO SUPERSTICIOSO, ESTE VIEJO GUERRERO ES RESPETADO POR SUS HOMBRES Y TEMIDO POR SUS ENEMIGOS. ABRARACÚRCIX SOLO TEME A UNA COSA: QUE EL CIELO LE CAIGA SOBRE LA CABEZA, PERO COMO ÉL MISMO DICE, «ESO NO VA A PASAR MAÑANA...».

¡PRESIENTO QUE LA COSECHA DE JABALÍES VA A SER BUENA, ASTÉRIX!
COMO SIEMPRE, OBÉLIX.
¡MIRA! ¿NO TE LO ESTABA DICIENDO?
¡SÍ! PERO... ¡OBSERVA! ¡ESTÁ COMPLETAMENTE RÍGIDO! ¡QUÉ PINTA TAN CURIOSA!
¡VAYA! ¿QUÉ LE HA PASADO? ¡PARECE DE PIEDRA, COMO UN MENHIR!
?!
?
¡PUAJ! ¡ESTO NO SE PUEDE COMER!
UN BUEN RATO DESPUÉS...
¡ES INCREÍBLE! TODOS LOS JABALÍES QUE HEMOS ENCONTRADO PARECÍAN SUFRIR LA MISMA RIGIDEZ, ASTÉRIX.
¡SÍ! ADEMÁS, ¡NI SIQUIERA LOS PÁJAROS CANTAN! REINA UN SILENCIO EXTRAÑO...
1A 33
?!
¡ESPERA, OBÉLIX! ¡ALGO ME DICE QUE HAY QUE VOLVER A LA ALDEA!
¡¡¡CÓMO!!! ¡¿Y LOS JABALÍES?! ¡¡¡TENEMOS QUE HACER ALGO!!!
¡EN LA VIDA A VECES LO MÁS IMPORTANTE NO ES LA BUENA SALUD DE LOS JABALÍES, OBÉLIX!
¡MUY GRACIOSO, ASTÉRIX! ¡¡¡ES DE MI BUENA SALUD DE LO QUE SE TRATA!!!
BUENO, ¡YA LA HEMOS LIADO! ¡AHORA TENGO HAMBRE!
GRUIIIII
1B 33
UDERZO

HOLA, ESAUTOMÁTIX, ¿NO HAS NOTADO NADA EXTRAORDINARIO EN...?
¡EH! ¡EY! ¿ME OYES?
TAMBIÉN ES... TÁ... ¡¡¡PARALIZADO!!!
PESCADOS
ORDENALFABETIX
!?
?!
¡ESTO ES UNA LOCURA! ¡TIENEN LOS MISMOS SÍNTOMAS QUE LOS JABALÍES! ¡HE DE ALERTAR ENSEGUIDA A NUESTRO JEFE, ABRARACÚRCIX!
¡¡KARABELLA!! ¡POBRE! ¡TAMBIÉN ESTÁ AFECTADA! OJALÁ QUE...
¡DISCÚLPAME, KARABELLA, PERO ES URGENTE!
¡JEFE! ¡JEFE! ¿¡J...!?
¡¡¡POR TUTATIS!!! ¡¡¡TODA LA ALDEA SE ENCUENTRA BAJO LOS EFECTOS DE ESTE EXTRAÑO FENÓMENO!!!
¡ES UNA VERDADERA PESADILLA, OBÉLIX!
¡AH! ¡¡¡AHORA VES QUE NO TIENE GRACIA!!!
?
UDERZO

¡APRISA! ¡CORRAMOS EN BUSCA DE NUESTRO DRUIDA! ¡QUIZÁ HAYA ESCAPADO DE ESTE DESASTRE!
¡¡SÍ!! ¡LE VEO MOVERSE! ¡BIEN, POR TUTATIS!
¡ES INCREÍBLE! ¡¡TODOS LOS ANIMALES DEL BOSQUE Y TODA LA GENTE DE LA ALDEA PARECEN HABER CONTRAÍDO UN MAL EXTRAÑO QUE LOS PETRIFICA!! ¿CÓMO TE HAS LIBRADO?
¡EHHH...! ¿A QUÉ TE REFIERES, ASTÉRIX?
¡LO ÚNICO QUE SÉ ES QUE HABÍA TERMINADO DE PREPARAR UNA MARMITA DE POCIÓN MÁGICA! ACABABA DE PROBARLA CUANDO NOTÉ UN RARO ADORMECIMIENTO POR TODO EL CUERPO.
?¡
SNIF
SNIF
3A 33
SI LO HE ENTENDIDO BIEN, ¡NOSOTROS SOMOS LOS ÚNICOS QUE SE HAN SALVADO DE ESE FENÓMENO TAN EXTRAÑO! ¿CÓMO SE ENTIENDE ESTO, ASTÉRIX?
¡CREO QUE PUEDO DARTE UNA EXPLICACIÓN!
¿Y CUÁL ES?
MUY SENCILLO: ¡LA POCIÓN MÁGICA!
¡POR FORTUNA, HAS PROBADO LA POCIÓN EN CANTIDAD SUFICIENTE PARA NO CAER BAJO LOS EFECTOS DE ESE MAL! YO TAMBIÉN LA BEBÍ ANTES DE SALIR A CAZAR JABALÍES...
EN CUANTO A OBÉLIX, ¡ESO NI SE PREGUNTA!
¡ENORME SUSPIRO!
SIN EMBARGO, ¡SÍ QUE HABRÍA QUE PREGUNTARSE POR QUÉ IDEAFIX, AL IGUAL QUE NOSOTROS, SE HA LIBRADO!
¡OBÉLIX! ¡CONFIESA QUE LE HAS HECHO BEBER POCIÓN A IDEAFIX!
¡OH! ¡SOLO FUERON UNAS INSIGNIFICANTES GOTITAS DE NADA!
¡GUAU! ¡GUAU!
3B 33
- UDERZO -

¡ESTUPENDO, ASTÉRIX! ¡VEO QUE AL MENOS TÚ HAS CONSERVADO LA SENSATEZ!
SIN EMBARGO...
... ¡ES A TI A QUIEN NECESITAMOS, OH, NUESTRO DRUIDA, PARA ENCONTRAR UNA FÓRMULA MÁGICA QUE LIBRE A NUESTROS AMIGOS DEL MAL QUE LES INMOVILIZA!
¡¡¡Y A LOS JABALÍES, POR SUPUESTO!!!
?!!
SIN CONOCER LAS CAUSAS DEL FENÓMENO QUE HA AZOTADO A NUESTRA ALDEA...
¡... NO VEO CÓMO PODRÉ ENCONTRAR UN REMEDIO, ASTÉRIX!
¡BUENO! ¡YA SABEMOS QUE LA POCIÓN NOS INMUNIZA!
¿CREES QUE LES PODRÍAMOS DAR POCIÓN A LOS JABALÍES, AST...?
4A 33
¡OBÉLIX! ¡ME EMPIEZAS A PONER MUY NERVIOSO CON TUS JABALÍES! ¡¡¡YA TE HE DICHO QUE TENEMOS OTRAS PRIORIDADES POR ENCIMA DE LOS JABALÍES!!!
?
ASÍ, ESTÁ CLARO: ¡PRONTO NO PARECERÉ NI MI SOMBRA!
GRRR
GUAU
GUAU
?!?
¡TOINGGG!
4B 33
- UDERZO -

¡¡¡POR TUTATIS!!!
¿¿¿QUÉ ES ESA HORRIBLE COSA QUE VA A APLASTARNOS???

¡OH! ¡DISCULPAD! HABÍA OLVIDADO TRADUCIRME A VUESTRA LENGUA CON MI ORNEDADOR... ¡PERDÓN! ¡MI ORDENADOR!
?!
?!
?!
¿QUIÉN ERES TÚ? ¿DE DÓNDE VIENES?
¿Y QUÉ ES ESE ENORME CHISME DEL QUE HAS SALIDO?
¡OS LO VOY A EXPLICAR!
¡SOY UN DYSWALTNIANO Y HE VENIDO DE UNA ESTRELLA LEJANA, LLAMADA DYSWALTLANDIA, CON ESTA NAVE INTERPLANETARIA!
¿QUÉ QUIERE DECIR ESO?
CREO QUE NOS DICE QUE HA BAJADO DE UNA ESTRELLA A BORDO DE ESE ESTRAMBÓTICO CARRO, DE UNA MANERA QUE NO ACABO DE CAPTAR MUY BIEN...
¡CONSTATO QUE VUESTRA CIVILIZACIÓN ESTÁ MUCHO MENOS EVOLUCIONADA QUE LA NUESTRA!
SNIFFF SNIFFF
¡ESCUCHA, VIOLETILLA SILVESTRE! ¡PARA DECIRNOS ESO, MEJOR TE VUELVES EN TU DYSWALTCACHARRO!
¿?
¡MANTENGAMOS LA CALMA E INTENTEMOS COMPRENDER!
¡ZIPP!
¡CHOC!
!?
UDERZO

¿Y AHORA? ¿QUÉ ARTILUGIO ES ESTE?
ES UN CLON, BUENO, UN SUPERCLÓN. HA CALCULADO MAL LA GRAVEDAD TERRESTRE, QUE ES SUPERIOR A LA NUESTRA.
LOS SUPERCLONES SON UNA ESPECIE DE GUARDIANES QUE VELAN POR NUESTRA SEGURIDAD.
SNIFF SNIFF
CUANDO CALCULAN BIEN, TIENEN LA FACULTAD DE DESPLAZARSE CON FACILIDAD GRACIAS A LA ANTIGRAVITACIÓN.
?!
¿ENTIENDES ALGO DE TODO ESTO, PANORÁMIX?
¡NO, ASTÉRIX! ¡NO SÉ SI ESTOY EN UN SUEÑO O EN UNA PESADILLA!
CON UN POCO DE POCIÓN MÁGICA, ¡YO HARÍA LO MISMO!
7A 33
¿QUÉ DICE ESTE?
DICE QUE PARECES **GORDO** PARA SER UN SUPERCLÓN.
¡¿CÓMO?!
UDERZO 7B 33

¡ZING!
¡BONG!
¡YO NO PAREZCO GORDO!
¡CHAC!
¡¡¡CONMIGO NO SE BROMEA!!!
NUESTRO OBÉLIX TAMBIÉN TIENE FACILIDAD PARA ANTIGRAVITAR, ¿NO CREES, VIOLETILLA?
DISCULPA A NUESTRO COMPAÑERO, ¡ES MUY SUSCEPTIBLE CON ALGUNOS TEMAS!
¡BAH! NO ES GRAVE, SE REPONDRÁ.
POR OTRO LADO, NUESTRA TÉCNICA NOS PERMITE RECLONARLO EN UN SUPERCLÓN ARAÑA O EN UN SUPERCLÓN MURCIÉLAGO...
?!?
8A 33
... Y ENCIMA, NO GUARDAN RENCOR. VUESTRO COMPAÑERO LE PODRÍA PEDIR AHORA CUALQUIER COSA.
!
¡AH! ¡QUEDA TODO OLVIDADO! EEEH... ¿TÚ PODER PRESTAR PEQUEÑO SERVICIO A MÍ?
SE LE PUEDE HABLAR DE MANERA NORMAL. SU ORDENADOR LE TRANSMITE EN SU LENGUA.
¿PODRÍAS TRAERME ESTO?
¡ESTO! ¡JABALÍ! ¿HAS COMPRENDIDO?
AHORA VEREMOS SI ESE SUPERCANIJO ESTÁ TAN DOTADO COMO YO PARA CAZAR JABALÍES.
¡ERES REALMENTE INCORREGIBLE, OBÉLIX!
8B 33
UDERZO

¡ESTOY SEGURO DE QUE TÚ Y TU ARTILUGIO SOIS LOS RESPONSABLES DE LA PARALIZACIÓN DE NUESTRA ALDEA!
¡ANDA! ¡SERÉ BRUTO! ¡HE OLVIDADO DESCONECTAR EL CAMPO MAGNÉTICO ANTICOLISIÓN!
¡PAF!
¡PUES YA LO ESTÁS ARREGLANDO O TENDRÁS UNA COLISIÓN CON MI PUÑO!
¡CÁLMATE! ¡VOY A REMEDIAR ESTE LAPSUS DE INMEDIATO!
Y PUESTOS A SOLUCIONAR, ¿PODRÍAS APARTAR ADEMÁS ESTE ARTEFACTO QUE VUELA SOBRE NUESTRAS CABEZAS?
ME PONGO A ELLO TAMBIÉN.
?!
9A 33
PERO... ¡ESTOS NO SON JABALÍES!
¡LOS ROMANOS NO SON COMESTIBLES! ¡BERZAS*!
*COL GALA.
¡UN RESPETO, QUE YO NO HE VENIDO PARA DIVERTIR AL PERSONAL! ¡CONMIGO NO SE BROMEA!
¡BONG!
LA IGNORANCIA DE ESTOS SALTIMBANQUIS ME ASOMBRA, ASTÉRIX.
TAL VEZ TENDRÍAS QUE PLANTEARTE TU CAPACIDAD PARA EL DIBUJO, QUERIDO OBÉLIX.
¡GUAU! ¡GUAU!
9B 33
UDERZO

¡UF! ¡YA ESTÁ, MUCHACHOS! EL ARTEFACTO SE APARTA Y VOLVEMOS A VER EL SOL.
QUIQUIRIQ
¡¡¡Y LA VIDA REGRESA A LA ALDEA, PANORÁMIX!!!
10 A 33
¿CUÁNDO DEJARÁS DE JUGAR CON LA MERCANCÍA, ORDENALFABÉTIX?
ORDENALFABÉTIX
¡SPLATCH!
¡KARABELLITA! ¡EL AGUA DE MI BARREÑO SE HA ENFRIADO DE REPENTE!
¡VAYA! ¡ESO SÍ QUE ES UNA NOVEDAD!
SI YO TUVIERA UNA ESCOBA...
¡TILLING! ¡TILLING!
¡CHONK!
10 B 33
UDERZO 05

¡PLIF!
¡PLAF!
¡PLOF!
¿CÓMO OS ATREVÉIS A PELEAROS SIN MÍ? ¡TRÁNSFUGAS! ¡DESLEALES!
¡POR BELENOS! ¡QUÉ ALEGRÍA QUE LA ALDEA REGRESE A LA NORMALIDAD!
¿POR QUÉ CORRES, OBÉLIX?
PESCADOS
ORDENALFABÉTIX
¡VOY AL BOSQUE PARA VER SI LOS JABALÍES VUELVEN A DAR SEÑALES DE VIDA!
¡NO, SI TUPÉ NO OS FALTA A VOSOTROS!
EJEM... SEÑORA... LE PARECERÁ GRACIOSO, PERO...
¡¡... NOSOTROS TAMPOCO SABEMOS CÓMO HEMOS LLEGADO AQUÍ!!
AH, ¿SÍ?
11 A 33
¡PLAF!
¡CHOC!
¡BOING!
¡Y AHORA SABRÉIS CÓMO VAIS A SALIR DE AQUÍ!
¡PAF!
¡VIVIMOS ACONTECIMIENTOS EXTRAORDINARIOS, ASTÉRIX!
¡YA! ¡OJALÁ REGRESEN DE UNA VEZ A SU EVOLUCIONADA ESTRELLA!
¡ME PARECE QUE ES EL MOMENTO DE DAROS UNA EXPLICACIÓN DE NUESTRA VISITA!
¡LÁSTIMA!
¡DECIDIDAMENTE, A ESTE HABRÁ QUE REHACERLO!
11 B 33
¡CHOC!
-UDERZO-

¡NO SABÍA QUE HABÍA UN BAILE DE DISFRACES EN LA REGIÓN!
¡QUIZÁ SEA EL NUEVO UNIFORME DE LOS LEGIONARIOS ROMANOS!
¡CURIOSO! ¡SOIS TODOS DIFERENTES! ¡EN DYSWALTLANDIA TODOS SOMOS IDÉNTICOS! ¡ASÍ NOS RESULTA MÁS FÁCIL RECONOCERNOS!
!?
¡QUÉ HERMOSA MUSCULATURA TIENE EL GRANDE!
¡YA TE DARÉ A TI HERMOSA MUSCULATURA! ¡LARGO! ¡A CASA!
¿Y ESTOS PÁJAROS DE DÓNDE HAN SALIDO?
?!?
¡SON SERES LLEGADOS DE UN NUEVO MUNDO QUE HAN VIAJADO HASTA AQUÍ EN ESA GRAN ESFERA METÁLICA!
!?
!
¡EL CIELO SE NOS VA A CAER SOBRE LA CABEZA!
UDERZO

¡¡EXIJO SABER QUÉ SIGNIFICA TODO ESTO!! ¡LLEVAD A ESOS DOS TIPOS A MI CABAÑA!
PASADO UN RATO...
ASÍ, PARA VOSOTROS, QUE ESTÁIS EN LA LUNA, DEBE DE RESULTAR RARO PONER LOS PIES EN LA TIERRA, ¿NO?
¡HEMOS LLEGADO DIRECTAMENTE DE UNA GALAXIA FORMADA POR CINCUENTA ESTRELLAS, Y CADA UNA VIVE EN PAZ CON SU VECINA!
¡AH! ENTONCES, ¿LO QUE BRILLA EN LA NOCHE SOBRE NUESTRAS CABEZAS ES VUESTRO PAÍS?
¡NO EXACTAMENTE! NUESTRAS ESTRELLAS SE EXTINGUIERON HACE MUCHO TIEMPO Y NOSOTROS VIAJAMOS MÁS VELOCES QUE LA LUZ.
?
?
PERO... ¿CÓMO PUEDE VERSE ALGO EN CLARO DE TODO ESTO? ¿QUÉ BUSCÁIS AQUÍ?
EL CONCEJO DE SABIOS DE NUESTRA GALAXIA ME ENCOMENDÓ LA MISIÓN DE ADVERTIROS DE UN PELIGRO REAL: ¡LOS NAMGAS!
¡SEPA, CABALLERETE, QUE NOSOTROS SOLO TEMEMOS UNA COSA! ¡QUE EL CIELO CAIGA SOBRE NUESTRA CABEZA!
¡TODO SE ANDARÁ!
13A 33
¡EN FIN! ¡LOS NAMGAS SON SERES SIN ESCRÚPULOS QUE CONOCEN VUESTRA PODEROSA ARMA SECRETA Y SE HAN LANZADO A ARREBATÁROSLA!
PERO ¿CÓMO SABÉIS QUE NOSOTROS POSEEMOS UN «ARMA SECRETA»?
¿QUÉ HARÉIS VOSOTROS PARA IMPEDIRLO?
¡EL UNIVERSO ENTERO SABE QUE TENÉIS ESA ARMA! ¡Y POR CAUTELA, MI MISIÓN ES CONFISCARLA!
¡?!
¡BAH! ¡YO TENÍA SU PERCHA CUANDO ERA MÁS JOVEN!
SOBRE TODO EN LO TOCANTE AL TAMAÑO DE LA CABEZA. ¡DE NIÑO TE LLAMABAN «CABEZA DE BOLO»!
¡¡PFFFF!!
¿ACASO ENCUENTRAS ESTO GRACIOSO?
¡SÍ! ¿PASA ALGO?
13B 33
- UDERZO -

¡PAF!
¡PIF!
¡PUF!
¡POF!
¡SON SIMPÁTICOS, PERO TIENEN UNA CURIOSA FORMA DE DIVERTIRSE!
¡EH! ¡ESPERAD! ¡¡ME GUSTARÍA SABER UN POCO MÁS!!
NOS VIENES CON CUENTOS DE UN VIAJE MÁS VELOZ QUE LA LUZ Y DE UNOS PRETENDIDOS MANDANGAS O NAMGAS, PERO...
... SEAMOS SERIOS: ¿CONOCES LAS VIRTUDES DE ESA CACAREADA «ARMA SECRETA»?
NO, PERO VISTOS LOS RESULTADOS QUE OBTENÉIS ANTE VUESTROS ENEMIGOS, ¡TIENE QUE SER TERRIBLEMENTE EFICAZ!
14A 33
EN EL CAMPAMENTO ROMANO DE PETIBONUM...
Y BIEN, LEGIONARIOS, ¿ASÍ ES COMO OS PRESENTÁIS A VUESTRO SUPERIOR?
EJEM..., CENTURIÓN AVANTIPÓPULUS..., ¡SIN SABER CÓMO, NOS VIMOS DE REPENTE EN LA ALDEA DE LOS IRREDUCTIBLES GALOS!
¡EN EFECTO! Y ESTABAN CON UNOS TIPOS RAROS QUE VOLABAN Y SALÍAN DE UNA GRAN ESFERA QUE FLOTABA EN EL AIRE...
¡ÑÑÑÑÑÑÑÑÑÑÑÑ!
¡ENCERRAD A ESTOS DOS BORRACHINES EN EL *TUGURIOLUM**!
* CALABOZO, EN LATÍN.
¡YA TE DECÍA QUE NUNCA IBA A CREERNOS!
14B 33
- UDERZO -

¡HABRASE VISTO SEMEJANTE DESFACHATEZ! ¡SERES QUE VUELAN SALIENDO DE...!
¿Y AHORA? ¿QUÉ BROMA ES ESTA?
?!
¡A LOS REFUGIOS! ¡COF! ¡COF!
¡A LAS ARMAS! ¡COF! ¡COF!
¡AUXILIO! ¡COF! ¡COF!
PFFFFFXXX
¡POR JÚPITER! ¿QUÉ ES ESTE MONSTRUO?
AH, CENTURIÓN, ¿VEIS AHORA CÓMO CAEN COSAS EXTRAÑAS DEL CIELO?
UDERZO

¿QUIÉN JEFE AQUÍ?
¡ESTE!
¡ESTE!
¡ESTE!
¡ESTE!
¡ESTE!
¡ESTE!
¡ESTE!
ENTONCES, ¿TÚ TENER ARMA LETAL DE GRAN POTENCIA?
¿ACASO SE REFIERE A LA POCIÓN MÁGICA, SEÑOR? NOSOTROS NO LA POSEEMOS, LA PADECEMOS. LA ENCONTRARÁ ENTRE LOS GALOS, AL OTRO LADO DEL BOSQUE. NO HAY PÉRDIDA, ALLÍ VIVE UN TIPO GORDO QUE LA TIENE PERMANENTEMENTE.
16A 33
Y DE INMEDIATO...
CRiiiccc
CRiiiccc
BIEN. ¡YA SE HA IDO, ASÍ QUE OLVIDADLO TODO Y VOLVED A PONER EL CAMPAMENTO EN ORDEN!
¡AR! ¡¿QUIÉN ES EL JEFE AQUÍ?!
16B 33
UDERZO

MIENTRAS TANTO, EN LA ALDEA GALA...
PERO ¿QUIÉNES SON ESOS NAMGAS QUE TANTO OS ASUSTAN?
¡PROCEDEN DEL PLANETA NAMGAKA Y QUIEREN HACERSE LOS ÚNICOS DUEÑOS DEL UNIVERSO!
SI ELLOS VIENEN, NOSOTROS SABREMOS RECIBIRLOS. EN FIN, SED BIENVENIDOS A NUESTRA CASA. POR CIERTO, ¿CÓMO TE LLAMAS?
¡ME LLAMO TUN! ¡KARH TUN!
YO SOY ASTÉRIX Y ESTE ES PANORÁMIX, NUESTRO DRUIDA, EL HOMBRE MÁS SABIO Y SENSATO DE NUESTRA ALDEA.
¡EN NUESTRA TIERRA, EN DYSWALTLANDIA, NUESTRA LUMBRERA SE LLAMA VUSH!
¡ME RESULTA FAMILIAR! AMIGO TUN, ¡NOS SENTIRÍAMOS ENCANTADOS DE INVITARTE A ALMORZAR, PERO AHORA MISMO ESTAMOS SIN JABALÍES!
¡SERÉ YO QUIEN OS INVITE A PROBAR NUESTRO BOCADO PREFERIDO!
¡CHAC!
ES UN «PERRITO CALIENTE». ESTÁ DELICIOSO Y ES MUY ENERGÉTICO. YA VERÉIS.
!?
¡ERGS! NO, GRACIAS, OTRO DÍA...
17A 33
¡QUÉ BIEN, IDEAFIX! ¡ESTOY TAN CONTENTO DE QUE LOS JABALÍES HAYAN RECOBRADO LA SALUD...!
¡GUAU!
?
MRRAAOOOOOUUMM!
¡TOINGGG!
¿Y ESTO? ¡¡¡ESTÁN LOCOS ESTOS ROMANOS!!!
17B 33
- UDERZO -

BRROOOAAAAHOOH
BUENO, ¿Y, AHORA, ESTE PÁJARO TAN RARO?
SI TÚ TENER GRAN MONTÓN DE ARMAS LETALES, DÁRMELAS A MÍ.
¡SI ESTE HA VENIDO A LLEVARSE MIS JABALÍES, SE VA A LLEVAR UNA TORTA!
¡TÚ RESISTIRTE A FUEGO CELESTE! ¡ENTONCES, TÚ POSEER ARMA LETAL!
TZZIOOO
¡OH, GRAN AKOAOTAKI! ¡HE HALLADO EL ARMA LETAL!
¡Y YO HE PERDIDO MIS JABALÍES!
AHORA, TÚ ENTREGARME ARMA LETAL SECRETA, SI NO...
Y TÚ, ¡OH, GRAN SALTAMONTES!, DEVUÉLVEME MIS JABALÍES, SI NO...
EEEE
¡CHOC!
UDERZO

¡SPLOUCH!
WAAAAOUUUUUUU
¡CHAC!
¡POCHT!
ZZVINN
PACHOC
¡AOOOOOOOO
ZONG
?
BLING BLANG
¡YO TAMBIÉN SÉ HACER RUIDOS!
BLONG BLUNG
¡VEN, ¡IDEAFIX! ¡VAYÁMONOS DE AQUÍ ANTES DE QUE ME ENFADE!
¡POC!
¿DÓNDE ESTÁS, ¡IDEAFIX? NO TE VEO, Y ESOS RUIDOS ME HAN DEJADO SORDO.
¡GUAU, GUAU!
¡POC!
PERO... ¡CON MIS JABALÍES TAMBIÉN HE PERDIDO A MI IDEAFIX!
?!
UDERZO

EN LA CABAÑA DE ASTÉRIX...
¿POR QUÉ VIVÍS EN DISCORDIA CON LOS NAMGAS?
¡LOS NAMGAS SON ENVIDIOSOS Y VENGATIVOS! ¡NOS COPIAN, PERO ESTÁN MENOS AVANZADOS QUE NOSOTROS EN CONOCIMIENTOS CIENTÍFICOS!
¡CLARO, DE AHÍ SU NECESIDAD DE ARREBATARNOS ESA FAMOSA ARMA SECRETA, QUE NOSOTROS, LOS SUBDESARROLLADOS, POSEEMOS!
¡ASTÉRIX! ¡PANORÁMIX!
?
?
¡MIRAD LO QUE LE HA HECHO A IDEAFIX UN EXTRAÑO PAJARRACO!
¡ESO LLEVA LA FIRMA DE UN NAMGA!
¿IDEAFIX? ¿DÓNDE ESTÁ?
¡AQUÍ! PERO ¡NO TIENE FORMA!
¡HE ESTADO A PUNTO DE APLASTARLO! ¡HAZ ALGO, PANORÁMIX!
ME TEMO QUE NO PUEDO HACER NADA, MI BUEN OBÉLIX.
¡GUAUUU! ¡GUAUUU!
¡POR LO VISTO, LA POCIÓN HA DEJADO DE ACTUAR SOBRE IDEAFIX!
¡APARTAOS! ¡YO SÍ PUEDO HACER ALGO!
!
¡HA RECUPERADO SU FORMA! ¡MUCHAS GRACIAS, VIOLETILLA!
¡GUAU!
¡SCHOP!
SABEMOS CÓMO PROTEGERNOS DE TODAS SUS ARMAS..., DEL MISMO MODO QUE ELLOS SABEN CÓMO DEFENDERSE DE LAS NUESTRAS... ¡DE AHÍ LA DIFICULTAD!
?
!
ENTRE NOSOTROS, ¿PODRÁS HACER QUE VUELVAN LOS JABALÍES?
¡ALERTA! ¡¡¡UN EXTRAÑO ARTEFACTO VUELA HACIA LA ALDEA!!!

WAOUU
???
????
?
WAAHOOOOOOOOO!
¡ASÍ VA A INCENDIAR LA ALDEA!
¡VUELVO AL MANDO DE MI ASTRONAVE, ASTÉRIX!
BRAOOOFF
¡SALTA! ¡ASURANCETÚRIX!
¡CHOC!
¡SE PUEDE DECIR QUE ESTA VEZ HA ACTUADO CON ARDOR!
¡COF! ¡COF!
?!
¡BONG!
UDERZO

¡ESTUPENDO! ¡GRACIAS! ¡¡SIN TI, NUESTRA ALDEA SE HABRÍA CONVERTIDO EN HUMO!!
¡YA OS LO DECÍA! ¡LOS NAMGAS SON SERES PELIGROSOS!
¡AHÍ ESTÁ OTRA VEZ EL QUE ME QUITÓ LOS JABALÍES! ¡DESCONFÍA, ASTÉRIX, VIENE PARA ROBARTE ALGO!
?
?
¡MÍ QUERER PAZ CON HOMBRECITOS TIERRA!
AH, ¿SÍ?
¡NO HABLA COMO NOSOTROS! ¡QUÉ MAL SE EXPLICA!
¡TRAER PROPUESTA MEJOR QUE DYSWALTNIANO! ¡CAMBIO ARMA NAMGA POR ARMA LETAL TERRÍCOLA!
GLUP GLUP
¡MEJOR SALGAMOS DE AQUÍ! ¡CUANDO ASTÉRIX BEBE, OTROS PAGAN LOS VASOS ROTOS!
¡SWING!
¡SPLING!
¡HA SIDO UN BUEN INTERCAMBIO!
BZZZZZZZ
POTPOTPOTPOTPOTPOT
!?
¡LOS KARA-RATAS!
UDERZO

¿QUIÉNES SON ESOS CON CARA DE RATA?
¡LOS KARA-RATAS SON LOS ROBOTS GUERREROS DE LOS NAMGAS! ¡VOY RÁPIDO A REUNIR A MIS SUPERCLONES!
¡SI VAIS A ENTRAR EN COMBATE ENTRE VOSOTROS, PREFERIRÍA QUE LO HICIESEIS FUERA DE LA ALDEA, POR FAVOR!
O. K., JEFE. ¡ORDEN PROCESADA!
23A 33
POTPOTPOTPOTPOTPOTPOTPOT
23B 33
UDERZO

¿ME HA LLAMADO OCA? ¿POR QUÉ ME HABRÁ LLAMADO OCA?
CON LAS ARMAS DE QUE DISPONEN, ESTA NO VA A SER UNA GUERRA FRÍA.
ESPERO QUE ESE VIOLETILLA LOS DEJE MORADOS.
¡SON ENCANTADORES, CON SUS FORMIDABLES MÚSCULOS! ¡QUE GANEN! ¡QUE GANEN!
¡SEÑORA EDADEPIÉDRIX! ¡VAYA USTED A MI CHOZA A VER SI ESTOY!
WAAOOOOOOOOO
WOOOOAARRR
WAOOOOOOOOOO
ZWAOOOOOUUUUU
¡BAH! ¡CUÁNTO RUIDO PARA UN SIMPLE VIENTECILLO! VAMOS A DAR UNA VUELTA, IDEAFIX.
UDERZO

?
¡ES CURIOSO! ¡HAN DEJADO DE COMBATIR!
¡BATALLA INÚTIL! ¡FUERZAS IGUALES! ¡NECESARIO PACTO!
¡TIENES RAZÓN, NAMGA! ¿QUÉ PROPONES PARA ESTABLECER LA PAZ?
¿VES, PANORÁMIX? PARECE QUE ESTÁN LLEGANDO A UN ACUERDO. ¡ESTO NO ME GUSTA NADA! ¡DESCONFIEMOS!
¡EN EFECTO, ASTÉRIX! ¡VOY A PREPARAR RÁPIDAMENTE UNA MARMITA DE POCIÓN MÁGICA! NUNCA SE SABE...
MÍ PROPONER A HOMBRECITOS TIERRA QUE NOS DEN A CADA UNO MITAD DE SUS ARMAS LETALES.
NO ES MALA IDEA, PERO DUDO QUE ACEPTEN.
25 A
33
¡OH, ABRARACÚRCIX, DE ESOS SERES LLEGADOS DE UN NUEVO MUNDO SOLO SE PUEDE ESPERAR LO PEOR!
¡CON ESOS DOS IDIOTAS, LO PEOR YA ESTÁ AQUÍ!
MÍ LLEGAR ACUERDO CON DYSWALTNIANO...
... PERO SOLO TÚ NOS PUEDES AYUDAR A LLEVARLO A TÉRMINO.
ME HUELO QUE NOS VAIS A HABLAR OTRA VEZ DE ESA FAMOSA ARMA SECRETA...
¡CORRECTO! ¡VOSOTROS DAR MITAD ARMA SECRETA A CADA UNO Y NOSOTROS VOLVER ESTRELLAS!
¡HMMNNNÑÑ!
¡SOLO NUESTRO DRUIDA POSEE EL SECRETO DE LA POCIÓN MÁGICA! Y, AHORA, ¡¡¡DEJADNOS EN PAZ!!!
?
25B
33
UDERZO

ENTONCES, ¡VAYAMOS A VER A ESE DRUIDA QUE PARECE TAN SABIO!
¡AY, AY, AY! ¡EL JEFE SE PODÍA HABER MORDIDO LA LENGUA!
NO, NO OS MOVÁIS DE AQUÍ, ¡¡YA VOY YO A BUSCARLO!!
?!
!
!
AHORA QUE YA SABEN QUE PANORÁMIX POSEE EL SECRETO DEL ARMA QUE BUSCAN, ¡NUESTRO DRUIDA ESTÁ EN PELIGRO!
QUIEREN TOMAR TU POCIÓN MÁGICA, PANORÁMIX. ¡TIENES QUE HUIR Y BUSCAR REFUGIO!
¡NO! ¡SI ES EL PRECIO QUE HAY QUE PAGAR PARA TENER LA PAZ, DÉMOSLES LO QUE HAN VENIDO A BUSCAR, ASTÉRIX!
26A 33
POCO DESPUÉS...
¡AMBOS RECIBIRÁN SU RESPECTIVA TINAJA CON POCIÓN, QUE PODRÁN LLEVARSE A SUS ESTRELLAS!
¡ME TEMO LO PEOR CON ESE NAMGA!
BIEN, ¡ESTA ES EL ARMA QUE HABÉIS VENIDO A PEDIRNOS Y QUE NOSOTROS LLAMAMOS «POCIÓN MÁGICA»!
?!
PERO... ¿CÓMO FUNCIONA?
MUY SENCILLO. OS LO VOY A MOSTRAR. ¡BASTA CON UN SORBO PARA ADQUIRIR UNA FUERZA SOBREHUMANA!
¡AH! ¡NO, NO, NO! ¡MÍ NO BEBER ESE VENENO TRAMPOSO!
¡ME LO TEMÍA! ¡TOMA, ASTÉRIX! ¡TENDRÁS QUE SACRIFICARTE!
¡SUSPIRO!
?!
¡AH, OBÉLIX! ¡QUÉ A PUNTO LLEGÁIS TÚ Y TU MENHIR!
GLUP GLUP
¡FANTÁSTICO! ¿YO TAMBIÉN VOY A BEBER POCIÓN MÁGICA?
26B 33
UDERZO

RETROCEDE UN POCO, OBÉLIX. TIENES QUE LANZARLE TU MENHIR A ASTÉRIX Y ÉL LO ATRAPARÁ.
¡AH! ¡YA ME EXTRAÑABA!
TOMÁTIX
?
?
¡LISTO, OBÉLIX! ¡YA PUEDES LANZÁRMELO!
¡LO QUE YO DIGO! ¡NUESTRO DRUIDA Y ASTÉRIX HAN VUELTO A LA INFANCIA!
!?!
¡PAF!
SE TRATA DE UN JUEGO NUESTRO LLAMADO MENHIR-VOLEA.
¡TUYA!
LA VERDAD ES QUE NO SÉ CÓMO LO ENCUENTRAN TAN DIVERTIDO.
ORDEÑALFABÉTIX
27A 33
¡YO BEBER PRIMERO POCIÓN MÁGICA!
¡SIN EMPUJARSE! ¡HABRÁ PARA TODOS!
¡GLUP! ¡GLUP! ¡GLUP!
¡YA VERÉIS! ¡CON ESTO VAIS A MOVER MONTAÑAS!
¡OBÉLIX! ¡EL NAMGA ESTÁ PREPARADO! ¡YA PUEDES LANZARLE TU MENHIR!
¡AH! ¡VALE!
¡GLUP! ¡GLUP! ¡GLUP!
!
?
¡CHOFF!
!
27B 33
UDERZO

¡TENDRÍA QUE HABERME FIGURADO QUE LA POCIÓN ERA DE PEGA, OH, DRUIDA!
¡QUÉ VA, ASTÉRIX! ¡ES LA VERDADERA! ¡TÚ MISMO LA HAS TOMADO!
?
¡VAYA! ¡DE BUENA ME HE LIBRADO!
¡SOLO LE ENCUENTRO UNA EXPLICACIÓN A TODO ESTO! ¡VUESTRA NATURALEZA DEBE DE SER DIFERENTE!
¡EN CUALQUIER CASO, ESTE TIENE QUE SER DE CABEZA DURA!
¡NO ME GUSTARÍA NADA ENTENDER ESOS GRITOS!
¡DESCONFIAD! ¡SEGURO QUE INTENTARÁ VENGARSE!
WAOUUU
28A 33
POT POT POT POT
¡LO QUE OS DECÍA! ¡OS ENVÍA A SUS KARA-RATAS!
¡REGRESO A MI NAVE EN BUSCA DE AYUDA!
¡YA NOS OCUPAMOS OBÉLIX Y YO! ¡NOS BASTA CON QUE NOS CEDAS A DOS DE TUS SUPERCLONES!
¡HECHO! SIN EMBARGO, UN CONSEJO: ¡NUNCA ATAQUÉIS DE FRENTE! ¡SUS ARMAS CÓSMICAS SON MUY PODEROSAS!
NO TEMAS. TENGO UN PLAN.
BUENO, ¿LO HAS ENTENDIDO BIEN, OBÉLIX?
¡ESTUPENDO! ¡COLOSAL! ¡LO PASAREMOS BOMBA, ASTÉRIX!
Y VOSOTROS, SUPERCLONES, CUANDO YO DÉ LA ORDEN, ¡OS SEPARÁIS!
¡ESTO SERÍA MUY PRÁCTICO PARA REPARTIR MENHIRES!
28B 33
UDERZO

¡ATENTOS!
POT POT POT
¡AHORA!
POT POT POT POT POT POT
POTPOTPOTPOTPOTPOTPOT POT
¡TU TURNO, OBÉLIX!
29A 33
¡CRAAAC!
¡AHORA SÍ QUE ES DIVERTIDO!
¡BRAVO, OBÉLIX, HAS DADO EN EL BLANCO!
29B 33

AL POCO...
¡TUS SUPERCLONES SON MUY EFICACES, AMIGO TUN!
¿ME CAMBIAS UNO POR UN MENHIR?
¡VAMOS, OBÉLIX!
¡NOOO!
¿CÓMO? ¿Y AHORA QUÉ HE DICHO?
?!
WAAOUUU
¡POR TUTATIS! ¡HAY QUE SALVAR A PANORÁMIX!
¡REGRESO DE NUEVO A MI ASTRONAVE, ASTÉRIX!
?!
PERO ¿ME VAS A SOLTAR, ESPECIE DE CUCARACHA?
BRUJO VIEJO ENGAÑARME. ¡AHORA VENIR A PLANETA NAMGAKA PARA FABRICAR VERDADERA ARMA SECRETA!
30A 33
TÚ DECIR ADIÓS A PLANETA TIERRA, BRUJO.
RROAOO
¡YO DE TI NO HARÍA ESTO, NAMGA!
CRRRR¡¡¡
WRAOOOAAA
30B 33
UDERZO

¡BONG!
?
31A
33
!!?
¡CRIiii!
PUF
PUF
PUF
¡CRIiii!
31B
33
UDERZO

¡TUN HA DETENIDO EL COHETE DEL SINIESTRO NAMGA!
¿CÓMO PODRÍAMOS RESCATAR A PANORÁMIX DE ESTE TRASTO DESCOMUNAL?
YA ESCALÉ UNA VEZ LA ESFINGE*. PUEDO HACER LO MISMO CON ESTE MONTÓN DE CHATARRA, ASTÉRIX.
* VER ASTÉRIX Y CLEOPATRA.
¡SUELTA A TU PRISIONERO Y LIBERO TU NAVE, NAMGA!
CRiiiiii
¡ESTAR DE ACUERDO!
¡POC!
?!
¡¡¡POR BELENOS!!! ¡¡¡NUESTRO DRUIDA SE VA A ESTAMPAR CONTRA EL SUELO!!!
¡LA PRÓXIMA VEZ PROCURARÉ TENER PREPARADA UNA POCIÓN QUE ME PERMITA VOLAR COMO EL DYSWALTNIANO!
- UDERZO -

¡VOLAR ES EXTRAORDINARIO, ASTÉRIX! ¡HE TOMADO LA DETERMINACIÓN DE TRABAJAR ESTA IDEA!
ENTRETANTO, ¡DÉMOSLE LAS GRACIAS AL SUPERCLÓN, PANORÁMIX!
AUNQUE CONFUNDEN LOS JABALÍES CON LOS ROMANOS, LO HACEN BIEN ESTOS CHICOS.
PLAS PLAS PLAS
¡BRAVO!
¡ABANDONAD RÁPIDO EL LUGAR! ¡EL COHETE NAMGA VA A SER LIBERADO Y PUEDE RESULTAR PELIGROSO!
¡MANTENGO LO DICHO, NAMGA! ¡PUEDES IRTE CON TU VEHÍCULO PARA NO VOLVER JAMÁS!
¡SÍ! PERO ¡NO ME IMPORTA PORQUE LLEVO TORTA*!
33A 33
* CANCIÓN MUY POPULAR EN EL PLANETA NAMGAKA ENTRE OTROS.
!?
WAAOOOO
¡PARECE QUE NO HA QUEDADO MUY FINO! ¡CORRAMOS!
WWWWWRRRAAAHOOOOOOO
¡ESPEREMOS QUE NO NOS VUELVA A CAER SOBRE LA CABEZA!
33B 33
UDERZO

?!
¡SPLASHH!
¡POR LOS CUERNOS DE UN CHIVO! LOS GALOS EMPLEAN UNAS ARMAS QUE DEBERÍAN ESTAR PROHIBIDAS POR LA CONVENCIÓN DE GENAVA*.
NIHIL CONVENIENS DECRETIS EJUS.
¡EN TODO E'TO YO 'OLO HE VI'TO FUE'O!
*GINEBRA.
AL FIN, TRAS UN REFRESCANTE PEDILUVIO, EL COHETE RETOMA DEFINITIVAMENTE SU RUMBO.
¡YO NUNCA MÁS VOLVER TIERRA!
DESDE EL CAMPAMENTO ROMANO DE PETIBONUM...
¡MIRA! ¡EL APARATO DE LOS HORRORES DEJA LA ALDEA GALA!
¡RÁPIDO! ¡HAY QUE AVISAR AL CENTURIÓN AVANTIPÓPULUS!
SI ES CIERTO LO QUE DECÍS, LA ALDEA GALA ESTARÁ PRÁCTICAMENTE ARRASADA, COMO NOS OCURRIÓ A NOSOTROS. ¡JA, JA, JA! ¡AHORA ES LA NUESTRA!
Y A VOSOTROS, ¡OS NOMBRO OPTIONES*! ¡HACED QUE LLAMEN A FORMAR!
* ASISTENTES DEL CENTURIÓN.
¡LEGIONARIOS! ¡LA ALDEA DE LOS LOCOS IRREDUCTIBLES HA SIDO BARRIDA! ¡VAMOS A TOMAR ESA PLAZA PARA MAYOR GLORIA DE ROMA!
¿ESTÁIS CONMIGO?
¡SÍ, JEFE!
UDERZO

¡VIVA TUN, NUESTRA VIOLETILLA!
PLAS PLAS
¡GRACIAS A TI, NUESTRO DRUIDA Y NUESTRA ALDEA SE HAN LIBRADO DE UN TERRIBLE PELIGRO! ¡TE DEBEMOS GRATITUD ETERNA!
¡ESTOY SATISFECHO DE QUE HAYA ACABADO ASÍ! AHORA OS TENGO QUE DEJAR PARA DAR MI INFORME AL CONSEJO SUPREMO DE DYSWALTLANDIA.
¡MUY BIEN, PERO NO TE IRÁS SIN PARTICIPAR EN NUESTRO TRADICIONAL BANQUETE!
¡GENIAL! ¡VAMOS A COMER!
AHORA ANDAMOS UN POCO ESCASOS DE JABALÍES, PERO OBÉLIX BUSCARÁ CON GUSTO EN SU RESERVA.
¡GLUP!
OH, YO LOS GUARDABA PARA ESOS DÍAS EN QUE TODO VA MAL...
35A 33
CONTRA LO ACOSTUMBRADO, EN ESTA OCASIÓN LA MESA DEL BANQUETE HA SIDO DISPUESTA BAJO EL SOL DE ARMÓRICA...
¡GALAS! ¡GALOS! ¡GALAS DE GALA! ¡GALOS GALANTES! EBRIO DE EMOCIÓN, QUIERO MANIFESTAR AQUÍ, EN MI NOMBRE Y EN EL DE TODA LA ALDEA, LA GALANA ALEGRÍA QUE SENTIMOS AL REENCONTRARNOS POR FIN, Y TODO GRACIAS A NUESTROS AMIGOS LLEGADOS AL GALOPE, GALOS Y GALAS, DE UNA GALAXIA...
¿POR QUÉ NO ESTÁN NUESTROS AMIGOS LOS SUPERCLONES?
¡NO PUEDEN COMER MÁS QUE PERRITOS CALIENTES!
¡¿QUÉ?! ¿CÓMO?
PERO EL BARDO... ¿DÓNDE ANDA?
¡EDADEPIEDRIXIRRÍN, CALMA!
¡NO HAY PELIGRO! HA IDO AL BOSQUE PARA PROBAR SU NUEVA ARPA EN LA PAZ DE LA NATURALEZA.
¡GRRRRR!
35B 33
UDERZO

¡QUÉ DESCANSO ESTAR ALEJADO DE ESOS IGNORANTES QUE NADA ENTIENDEN DE UNA ODA ANACREÓNTICA!
PERO... ¡OIGO PASOS EN EL BOSQUE! ¡HABRÉ SIDO SEGUIDO POR ADORADORES DEL ARTE DE LA LÍRICA ONOMATOPOÉTICA!
?!
¡LOS ROMANOS!
... Y YO LE DIRÉ: «CÉSAR, ¡TODA LA GALIA ESTÁ OCUPADA!». ¡Y ME NOMBRARÁ GENERAL O MÁS!
¡TENGO QUE AVISAR ENSEGUIDA A ASTÉRIX!
¡ASTÉRIX! ¡LOS ROMANOS! ¡ESTÁN LLEGANDO!
¡NO PUEDE SER! ¡LO DICE PARA DARME UN ALEGRÓN!
¡ESTÁS DE SUERTE, TUN! ¡AHORA SABRÁS POR QUÉ TOMAMOS LA POCIÓN MÁGICA!
¡HICS!
¡SOBRE TODO, NO HAGÁIS NINGÚN RUIDO! ¡DEBEN DE ESTAR CONVENCIDOS DE QUE HEMOS SIDO ANIQUILADOS POR EL MONSTRUOSO CACHARRO DEL NAMGA!
CRiiii
¿PUEDES PEDIRLES A TUS SUPERCLONES QUE RETIREN LA ESFERA PARA QUE ESTOS NO SE ASUSTEN?
¡NO HAY PROBLEMA!

¡QUÉ RARO, CENTURIÓN! ¡A DIFERENCIA DE NUESTRO CAMPAMENTO, LA ALDEA PARECE INTACTA!
¡VENGA, VENGA, OPTIO! ¿NO VES QUE HASTA HAN SUFRIDO UN INCENDIO?
?
¡AL ATAQUE!
¡BAMM!
37A 33
¡PLAMMMMMMM!
BUENO, TUN, ¿QUÉ PIENSAS DE TODO ESTO?
¡PRODIGIOSO! ¡QUÉ PENA QUE NOSOTROS NO PODAMOS BENEFICIARNOS DE VUESTRA POCIÓN MÁGICA!
CUANDO LOS GALOS SE HAYAN IDO, ¡TRAEDME A ESOS DOS IMBÉCILES QUE ME HAN DADO ESTA IDEA!
¡SÍ, JEFE!
37B 33

- UDERZO -

EN FIN, TENEMOS QUE IRNOS. PERO ANTES OS PEDIMOS EXCUSAS POR HABERNOS MOSTRADO RECELOSOS CON VUESTRA ARMA SECRETA.
¡BAH! ¡TODO EL MUNDO PUEDE EQUIVOCARSE!
MALA SUERTE. HEMOS HECHO ESTE VIAJE EN VANO AL OLVIDAR QUE NOSOTROS SOMOS LOS MÁS GRANDES DE TODO EL UNIVERSO.
?!
¡TIENE RAZÓN EN LO QUE HA DICHO!
38A
PERO... ¡¿QUÉ ME OCURRE!?
¡AHÍ VA! ¡ME LO ESPERABA TODO MENOS ESTO!
¿QUÉ HABRÉ VENIDO A HACER AQUÍ? ¡CON LO BIEN QUE ESTABA ALLÍ ARRIBA, EN MI ESTRELLA!
?
¡¡ESTÁ SUFRIENDO LOS EFECTOS RETARDADOS E IMPREVISTOS DE LA POCIÓN MÁGICA!!
¡Y YO QUE CREÍA QUE HABÍAS PREPARADO UNA POCIÓN FALSA, PANORÁMIX!
¡PARECE QUE HA DEJADO DE CRECER!
38B
¿Y AHORA QUÉ HAGO PARA METERME EN MI ESFERA?
¡NO TEMAS! ¡LOS EFECTOS DE MI POCIÓN NO SON PERMANENTES! ¡PRONTO VOLVERÁ TODO AL ORDEN!
TIENE RAZÓN, ES EL MÁS GRANDE DE TODO EL UNIVERSO.
38C 33
UDERZO

TUN EL DYSWALTNIANO NO ES EL ÚNICO QUE HA SUFRIDO LOS EXTRAÑOS EFECTOS DE LA POCIÓN MÁGICA DEL DRUIDA...
¡ESTO SE ME EMPIEZA A HACER DEMASIADO LARGO! ¡DAOS PRISA EN DEVOLVERME A MI TAMAÑO O SI NO ME VOY A ENFADAR MUCHO!
¡PARECE QUE NO LO ENCUENTRA NADA DIVERTIDO! HABRÁ QUE HACER ALGO, PANORÁMIX.
EN FIN, ¡BUSCARÉ UNA SOLUCIÓN AUNQUE TENGA QUE PASAR TODA LA NOCHE DESPIERTO!
39A
Y CUANDO CAE LA NOCHE SOBRE LA ALDEA, ALGUNOS NO DUERMEN...
¡DEJAD DE REVOLOTEAR A MI ALREDEDOR DE ESA MANERA! ¡VAIS A MAREARME!
ES DIVERTIDO, PARECEN MARIPOSAS ATRAÍDAS POR LA LUZ DE UNA VELA.
39B 33
UDERZO

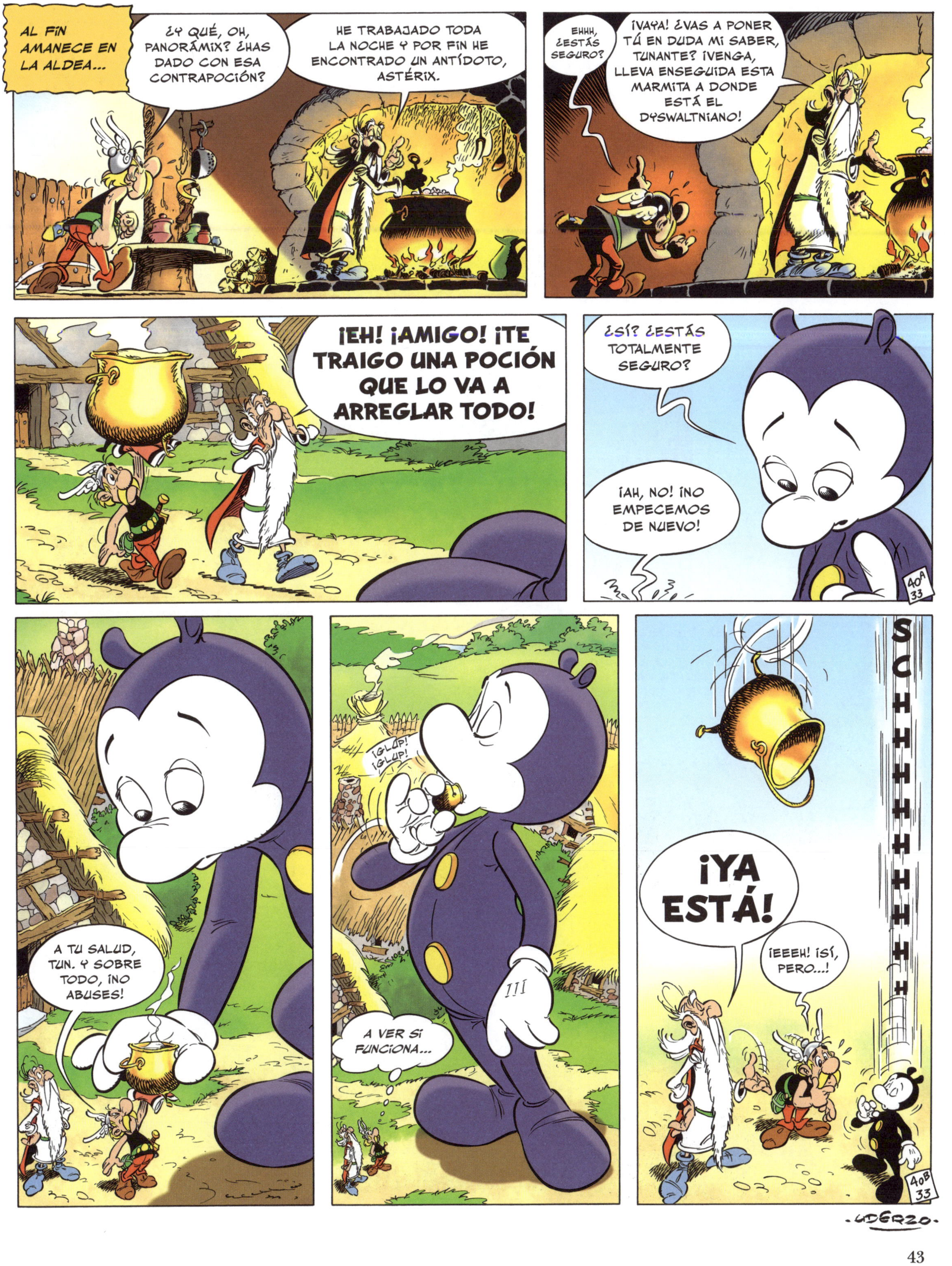

AL FIN AMANECE EN LA ALDEA...
¿Y QUÉ, OH, PANORÁMIX? ¿HAS DADO CON ESA CONTRAPOCIÓN?
HE TRABAJADO TODA LA NOCHE Y POR FIN HE ENCONTRADO UN ANTÍDOTO, ASTÉRIX.
EHHH, ¿ESTÁS SEGURO?
¡VAYA! ¿VAS A PONER TÚ EN DUDA MI SABER, TUNANTE? ¡VENGA, LLEVA ENSEGUIDA ESTA MARMITA A DONDE ESTÁ EL DYSWALTNIANO!
¡EH! ¡AMIGO! ¡TE TRAIGO UNA POCIÓN QUE LO VA A ARREGLAR TODO!
¿SÍ? ¿ESTÁS TOTALMENTE SEGURO?
¡AH, NO! ¡NO EMPECEMOS DE NUEVO!
40A 33
A TU SALUD, TUN. Y SOBRE TODO, ¡NO ABUSES!
¡GLUP! ¡GLUP!
A VER SI FUNCIONA...
SCHHHHHHHHHHHHH
¡YA ESTÁ!
¡EEEH! ¡SÍ, PERO...!
40B 33
UDERZO

¡GRACIAS! ¡YA NO LO CREÍA! ¡HACES VERDADEROS MILAGROS, DRUIDA!
BAH, ES POCA COSA...
¡BOING!
PERO... ¡HE PERDIDO MI COLOR!
MMM..., DEBÍ DE AÑADIR DEMASIADA SEPIA DE TINTA INDELEBLE.
¡ESO! ¡Y ENCIMA INDELEBLE!
MANTENGAMOS LA CALMA. VOY A ARREGLARLO...
PUES YO CREO QUE EL NEGRO TE FAVORECE, EN SERIO...
¡SNIF!
AL POCO...
AQUÍ TIENES UNA MACERACIÓN DE UN CONCENTRADO DE VIOLETA DE PARMA QUE TE HARÁ RECOBRAR TU COLOR.
¿ESTÁS SEGURO?
¡AY! ¡SOY UN VIEJO LOCO QUE PUEDE COMETER ERRORES PERO TE PIDO QUE AHORA CONFÍES EN MÍ, TUN!
SI ESTA VEZ FALLO, TE PROMETO QUE ME RAPO LAS BARBAS.
GLUP GLUP
¡HE RECUPERADO MI COLOR!
¡SÍ! ¡Y PANORÁMIX VA A CONSERVAR SU BARBA!
¡ESTO ME ENSEÑARÁ A SER MENOS CURIOSO EN LO SUCESIVO! ¡NUNCA MÁS PROBARÉ VUESTRAS POCIONES, GALOS!
¡ADIÓS, AMIGOS! ¡ESTA VEZ REGRESO DEFINITIVAMENTE A MI ESTRELLA!
UDERZO

¡YO TAMBIÉN PUEDO REALIZAR MILAGROS! PARA BORRAR ESTA GROTESCA AVENTURA, VOY A HACER QUE LOS GALOS NUNCA LA RECUERDEN.
PERO ¡¿QUÉ NOS ESTÁ HACIENDO AHORA EL DYSWALTNIANO?!
¿ESTÁ LOCO? ¡¡VA A APLASTARNOS!!
42A 33
¡BROOOOOFFFHHHH!
¿RUAK?
42B 33
UDERZO

Y PARA ACABAR, HAGAMOS LO MISMO EN EL CAMPAMENTO ROMANO... Y ¡ADIÓS A LA TIERRA!
43A 33
¡QUÉ RARA ES ESTA BRUMA!
¡SÍ! ¡SOBRE TODO EN ESTA ESTACIÓN!
¡MI CABAÑA!
?
¿Y EL ARPA NO?
¡ME HAN QUEMADO LA CABAÑA Y EL ÁRBOL!
?
!
!
¡JE! ¡JE! ¡JE!
43B 33
UDERZO

¡ESTA VEZ HABÉIS IDO DEMASIADO LEJOS Y AHORA VAIS A RECONSTRUIR LO QUE HABÉIS DESTRUIDO! ¿QUEDA CLARO?
PERO ¡SI NO HEMOS SIDO NOSOTROS!
¡EN CUALQUIER CASO, YO SÍ QUE NO HE SIDO!
¡NO QUIERO SABERLO!
YO TE AYUDARÉ A HACER REBROTAR UN ÁRBOL VISTO Y NO VISTO*.
* VER LA RESIDENCIA DE LOS DIOSES.
¡PRESIENTO QUE LA COSECHA DE JABALÍES VA A SER BUENA, ASTÉRIX!
COMO SIEMPRE, OBÉLIX.
¡GUAU!
POCO DESPUÉS...
¡TRAEMOS LO QUE FALTA PARA EL BANQUETE, ABRARACÚRCIX!
¡AH! ¡AL FIN! ¡LLEVÁBAMOS UNA ETERNIDAD SIN UNA CELEBRACIÓN!
¡NO ME EXPLICO CÓMO HE PODIDO GASTAR TANTO MI RESERVA!
¡Y DE ESTA MANERA, POR UNA VEZ, DESPROVISTOS DEL RECUERDO DE SU ÚLTIMA AVENTURA, LOS IRREDUCTIBLES GALOS DE LA ALDEA CELEBRAN UN BANQUETE BAJO LAS ESTRELLAS, SIN OTRO PRETEXTO QUE EL DE DISFRUTAR JUNTOS DE SU VIDA Y DE SU INDEPENDENCIA! BUENO, ¡NO TODOS!
¡CRAC! ¡BUM! ¡HUUUUU!*
¡PLINC!
¡PLINC!
¡GALAS Y GALOS! ¡ALZO MI...! ME ESTOY ARREPINTIENDO DE HABER DEJADO CANTAR A ESE...
MMM... ¡QUÉ BUENO, ÑAM, QUE ESTÁ, ÑAM...!
SCRONCH
SCRONCH
¡EN LO QUE SE ME HA OCURRIDO PENSAR! ¿TÚ CREES QUE HAY VIDA FUERA DE LA TIERRA?
¡QUIÉN SABE, ASTÉRIX! ¡QUIÉN SABE!
¡EDADEPIEDRIXIRRÍN! ¡CALMA!
FIN DEL EPISODIO
UDERZO 5-05
* TONADILLA LÍRICO-ONOMATOPOÉTICA.

¡CHAC!
¡ESTÁN LOCOS, ESTOS ROMANOS!